A Nudez
da Verdade

A nudez da verdade
© Fernando Sabino, 1994

Diretor editorial	Fernando Paixão
Assessora editorial	Carmen Lucia Campos
Coordenadora de revisão	Ivany Picasso Batista
Revisora	Cátia de Almeida

ARTE
Capa e edição de arte	Victor Burton
Editoração eletrônica	Homem de Melo & Troia Design

O texto "A nudez da verdade" pertence à obra *Aqui estamos todos nus*, trilogia de novelas de Fernando Sabino, publicada pela Editora Record.

CIP-BRASIL. CATALOGAÇÃO NA FONTE
SINDICATO NACIONAL DOS EDITORES DE LIVROS, RJ

S121n
11.ed.

Sabino, Fernando, 1923-2004
 A nudez da verdade / Fernando Sabino. - 11.ed. - São Paulo : Ática, 2007.
 88p. : - (Fernando Sabino)

ISBN 978-85-08-10720-9

1. Comportamento humano - Literatura infantojuvenil.
I. Título.

06-3437.   CDD 028.5
                                  CDU 087.5

ISBN 978 85 08 10720-9
CL: 735794
CAE: 214537

2023
11ª edição
10ª impressão
Impressão e acabamento: Forma Certa Gráfica Digital

Todos os direitos reservados pela Editora Ática, 1995
Av. das Nações Unidas, 7221 – Pinheiros – CEP 05425-902 – São Paulo, SP
Atendimento ao cliente: 4003-3061 – atendimento@aticascipione.com.br
www.coletivoleitor.com.br

IMPORTANTE: Ao comprar um livro, você remunera e reconhece o trabalho do autor e o de muitos outros profissionais envolvidos na produção editorial e na comercialização das obras: editores, revisores, diagramadores, ilustradores, gráficos, divulgadores, distribuidores, livreiros, entre outros. Ajude-nos a combater a cópia ilegal! Ela gera desemprego, prejudica a difusão da cultura e encarece os livros que você compra.

A Nudez da Verdade

Fernando Sabino

editora ática

As ideias de Fernando Sabino

Antes de se divertir com mais uma história daquelas que só Fernando Sabino sabe criar, você vai conhecer algumas ideias dele sobre assuntos tão diferentes como futebol, comida e aqueles medos que ninguém admite ter. Veja como, sem perder o bom humor, o grande escritor mineiro consegue falar da vida com muita sabedoria.

Ser mineiro

Fala-se em mineiro como se esta palavra tivesse não apenas uma conotação geográfica, mas fosse de mais rara acepção, já começando a soar como vagamente pejorativa. Serei esperto como mineiro? Sonso como mineiro? Para mim fica decidido que ser mineiro é jamais tocar neste assunto.

SER MENINO

Acredito que se conseguíssemos recuperar o menino que devíamos ter vivo dentro de nós, todos nos entenderíamos muito mais. Haveria mais paz e alegria, se os homens voltassem a ser meninos.

MEDOS

Tenho medo até da minha sombra. Medo de rato, de ladrão, de escuro, de fantasma, do demônio. De assombração, então, nem se fala. Mas como sou um inconsciente, acabo não tendo medo de nada.

PRATO PREDILETO

Não sou lá muito exigente para comer – conforme se pode deduzir de meus pratos prediletos: linguiça frita, doce de coco e pastel. Para ser sincero, um saco de pipocas já me faz feliz.

FUTEBOL

Devo confessar que por temperamento e vocação, sou sofredor do Botafogo do Rio de Janeiro.

INSPIRAÇÃO

A inspiração e a criatividade devem ser livres, puras, espontâneas como uma criança. Nenhuma preocupação deve interferir. No momento de saber as horas, não se deve desmontar o relógio para ver como funciona.

UMA FOLHA DE PAPEL EM BRANCO

Tudo pode acontecer quando o escritor se senta diante da folha de papel em branco. É a sua hora da verdade. A hora do encontro consigo mesmo. Ou, como dizia Viramundo (personagem de seu livro *O grande mentecapto*): a hora da onça beber água.

UMA CAUSA PARA LUTAR

Nunca me sacrifiquei por causa nenhuma. Moro neste prédio desde 1954 (com algumas saídas de permeio) e jamais participei de uma reunião de condomínio. Espero que os vizinhos me perdoem, é gente da melhor qualidade, nunca me incomodaram, acredito que nem eu a eles. O meu comodismo, tanto nas relações de vizinhança como na atividade política, é um pouco aquele de

Diógenes no encontro com Alexandre, o Grande: não sou grande filósofo, mas só peço que não me tirem o sol.

Fé em Deus

Às vezes duvido um pouco, como São Pedro – ou São Tomé –, mas confio em Deus. O problema é fazer com que Ele confie em mim. Como dizia Dorothy Day, uma grande católica americana: se eu acreditasse o tempo todo, sem a mais longínqua dúvida, que o corpo e o sangue de Cristo estão presentes no Santíssimo Sacramento, jamais arredaria o pé do altar.

Um grande conselho recebido

Do meu pai, seu Domingos. Homem simples, de poucas ambições, ele era, apesar disso, ou por causa disso, de extremo bom-senso. O seu melhor conselho, que me lembre, foi o que me disse um dia em que me encontrou entregue à aflição de espírito: "Meu filho, tudo no fim dá certo. Se não deu, é porque ainda não chegou ao fim".

Os depoimentos de Fernando Sabino foram retirados do livro autobiográfico *O tabuleiro de damas*.

Sob o manto diáfono da fantasia,
a nudez da verdade.

Eça de Queirós

1

Telmo Proença despiu o pijama e, ainda meio sonolento, a caminho do banheiro, olhou-se desnudo ao espelho do armário. Não se achou mal, para os seus 38 anos, embora um pouco magro.

O jato forte do chuveiro acabou de despertá-lo. Banho tomado, foi de roupão apanhar os óculos na mesinha de cabeceira para se barbear.

De novo em frente ao espelho, já vestido. Enquanto dava o laço na gravata, podia ver ao fundo parte da cama de casal: entre lençóis amarfanhados, Carla dormia de bruços, só de calcinha, uma perna dobrada sobre a outra, cabelos espalhados no travesseiro, boca entreaberta. Mesmo dormindo ela era atraente — pensou se não seria o caso de acordá-la para se despedir.

A lembrança da conversa na noite anterior o fez mudar de ideia: tinha de reconhecer que a decisão dela o deixara desapontado.

Na cozinha, ligou o gás e pôs a chaleira de água a esquentar, para fazer o café. Depois de tomá-lo, ao acender o primeiro cigarro, Carla, de short e camiseta, veio sentar-se à sua frente na mesa da copa:

— Tive um pesadelo esta noite — disse, como para si mesma.

— Sonhou que o avião vai cair.

— Não. Foi outra coisa. Tenho medo de avião, você sabe, mas se fosse preciso...

— Não é preciso — cortou ele. — Já não ficou decidido ontem? Se eu pudesse, também desistia. Não estou achando a menor graça nesse lançamento, e muito menos na promoção que o Lincoln inventou.

— Depois que ele programou tudo, gastou dinheiro, fez e aconteceu, você não podia deixar de ir. O lançamento do livro em São Paulo é importante: lá você pode até ganhar o prêmio O Livro do Ano de 1977.

— Quem te disse isso? — estranhou ele.

Carla vacilou.

— Lincoln.

A NUDEZ DA VERDADE

— Quando?

— No coquetel de aniversário da Editora — e ela sorriu: — Mas não era para você saber ainda.

— Vocês mal conversaram — ele comentou apenas. E acrescentou, depois de um breve silêncio: — E tem o congresso, isso sim: não posso deixar de ir, estou sendo esperado.

— Pois é, tem o congresso — repetiu ela. — Você vai ficar ocupado o tempo todo, e eu sozinha no hotel, sem ter o que fazer. Se ainda fosse um congresso de outra coisa! Mas logo de folclore...

— Infelizmente é de folclore que eu entendo, minha filha.

Amassou o cigarro no cinzeiro e levantou-se. Ela o seguiu até o quarto e ficou a vê-lo arrumar a mala, encostada no batente da porta, limpando uma maçã no short:

— Você... — mordeu a maçã e perguntou num tom quase infantil:

— Você jura que não se importa de ir sozinho?

De costas, ele evitou responder, enquanto fechava a mala. Passou por ela, despedindo-se com um rápido beijo no rosto:

— Até a volta.

Deixou o apartamento, um térreo em Ipanema, logo à entrada do edifício. E foi postar-se na esquina, à espera de um táxi.

Ficou quase duas horas no Museu do Som, selecionando as gravações para apresentar no congresso. Depois seguiu a pé com a mala até a Editora, a algumas quadras do museu.

A secretária informou que o doutor Lincoln já saíra — tinha um almoço no Jockey Club, não pôde esperá-lo:

— Disse que é para o senhor ir até lá.

Os livros já haviam seguido para São Paulo — ela entregou-lhe alguns recortes de jornais paulistas anunciando o lançamento, que ele guardou no bolso sem ler:

— E aqui está a passagem. Só mandei emitir a sua, já que dona Carla não vai mais, não é?

— Como? Ah, sim. Não vai mais — confirmou ele.

Saiu dali pensativo, a caminho do Jockey Club. Na portaria, identificou-se, dizendo a que vinha, e o deixaram entrar. Encontrou Lincoln numa das mesas, almoçando em companhia de dois outros:

— Pena que tenha chegado atrasado, Proença, estamos terminando. Já almoçou?

Lincoln se dirigiu a um dos companheiros de mesa:

A NUDEZ DA VERDADE

— Este é o rapaz de quem eu lhe falava, senador: Telmo Proença. Tem mais talento do que aparenta. Acaba de lançar um livro, trabalho de pesquisa: negócio de música regional, folclore, essas coisas.

— Se você fosse pesquisar no Ceará — interveio o senador — havia de recolher muita coisa interessante. Certa ocasião, um amigo meu andou pelo sertão gravando tudo que ouvia. Só de cantiga de cego trouxe mais de cem.

— Tem muito cego em sua terra, hein, senador? — gracejou o outro companheiro de mesa.

— O Proença esteve lá — informou Lincoln: — Mas o seu mal é ser muito modesto. Meio idealista, vive no mundo da lua.

Voltou-se para ele:

— E a Carla, como está? Não a vejo desde o coquetel da Editora.

— Escuta, Lincoln, você me disse que tinha uma carta...

Lincoln retirou do bolso um envelope e lhe estendeu:

— É para o diretor da gravadora. Hoje de manhã falei com ele pelo telefone. Ficou muito interessado. Vai convidá-lo para almoçar. Quanto ao lançamento, nosso representante já providenciou tudo.

Proença consultou o relógio:

— Bem, se me dão licença...

No aeroporto, conseguiu lugar no voo das quatro horas. Como dispunha de tempo, resolveu comer um sanduíche no balcão do bar, tomou um café. Quando ia acender o cigarro, o som de um bandolim, vindo do restaurante na sobreloja, o apanhou pelo ouvido. Intrigado, subiu até lá.

— Professor! — alguém o saudou de longe, mal emergiu da escada.

Era Eliseu, que, de pé, lhe acenava alegremente de uma das mesas, erguendo no ar o bandolim. Estava com uma moça e três músicos de seu conjunto, em torno a várias garrafas de cerveja.

— Vocês conhecem o professor, não é, pessoal? — anunciou Eliseu quando ele se aproximou. — Marialva, este é o Telmo Proença. É o máximo em matéria de música. Toma uma cerveja conosco, professor! Esta é a Marialva, repara só: mulata de olho verde, coisa pra muito luxo!

Ela riu e estendeu o cigarro para que Proença acendesse o seu, ainda apagado entre os dedos. Ele deu uma tragada, agradeceu e avisou que

A NUDEZ DA VERDADE

não podia demorar, estava indo para São Paulo no voo das quatro.

— Nós também vamos no das quatro. Se São Pedro deixar.

Os músicos apertaram-se ao redor da mesa para lhe dar lugar, deslocando maletas e caixas de instrumentos espalhados pelo chão.

— Que é que você estava tocando? — perguntou.

Eliseu empunhou de novo o bandolim:

— Vê se você se lembra — dedilhou os primeiros compassos e informou aos demais: — Foi ele que recolheu comigo essa modinha na Bahia, não foi mesmo, professor?

O alto-falante anunciava que o voo das 16 horas sofreria um atraso, até que houvesse teto em São Paulo.

— Não falei? — e Eliseu continuou a tocar.

Animados, os demais iam empunhando seus instrumentos, e logo estava em curso a execução de um show que atraía a atenção e até os aplausos dos demais fregueses. Marialva caprichava no samba-canção, com sua voz grave e sensual. Mas não parecia fazer parte do conjunto como cantora. Uma espécie de secretária, talvez — a certa altura ela havia perguntado qualquer coisa a

Eliseu e tomado nota numa agenda. Pena que não fosse a São Paulo também, pensou o "professor". Conformado, entregara-se completamente, deixando que renovassem o seu copo, depois de afrouxar a gravata:

— E então, Eliseu? Como vão as coisas? Como vai a patroa?

O garçom acabava de comparecer com uma garrafa de cachaça e distribuía os cálices.

— Vamos levando... E você? Ouvi dizer que se casou. Você, que era solteiro de profissão... Como foi que aconteceu?

— Conheci a moça, namorei e casei — e ele experimentou a cachaça.

— Que tal?

— Coisa fina — falou, estalando a língua.

— Eu falo a moça, professor, não a cachaça. Como vai indo com ela?

Proença sorriu, constrangido:

— Vamos levando...

Marialva, a seu lado, puxou-lhe o rosto para si com carinho:

— Você é professor de quê, meu bem?

Eram sete horas da noite quando, depois de muita cerveja e cachaça, em meio à música e à cantoria, ficaram sabendo que todos os voos para

São Paulo haviam sido cancelados.

Amontoados em dois táxis, às gargalhadas, entre malas e caixas de instrumentos, seguiram para o que chamavam de Sovaco de Cobra — um pequeno bar da Lapa que nem nome tinha. De lá, a convite de Marialva, foram encerrar a noite em seu apartamento.

2

Um apartamento modesto mas confortável, no Bairro de Fátima. A turma, acrescida de um casal mais dois amigos arrebanhados no Sovaco de Cobra, espalhava-se por todo lado, alguns sentados no chão, tocando, cantando e bebendo. Um deles fez uma incursão ao botequim da esquina e regressou a sobraçar garrafas de cerveja e uma provisão de sanduíches.

A campainha do telefone soava como um sinal de alarme.

— Vizinho, na certa — comentou Proença.

Marialva pediu que fizessem silêncio, foi atender:

— Dois-um-três, dois-um, três-meia. É da casa de Marialva.

Eliseu improvisou logo ao bandolim uma quadrinha no mesmo tom:

Dois-um-três, dois-um, três-meia
É da casa de Marialva...
Do canto dessa sereia
Você nunca mais se salva...

Ao telefone, ela tentava ouvir, limitando-se a respostas lacônicas:

— Eu sei. Sim, está bem. Agora, seu Gregório, se me dá licença...

Desligou sem se despedir:

— Esse cara é um chato. Aí do apartamento ao lado. Grosso como ele só. Vive reclamando.

Ninguém deu importância à reclamação. Novas quadrinhas iam sendo improvisadas pela turma, com a do telefone como estribilho. Passaram então a relembrar sambas antigos.

Mais tarde, depois de uma rodada de sanduíches, a animação aos poucos foi arrefecendo: um se esticara no sofá, outro se distraía com o violão, dois ou três conversavam sobre futebol, outro ainda, no banheiro, a julgar pelo ruído, urinava de porta aberta. Lá fora a noite rolava, indiferente.

— "Enquanto a noite rola e o sono tarda!" — declamou Proença, inspirado.

A NUDEZ DA VERDADE

Era um verso, não se lembrava bem se de Bandeira ou de Vinícius. Dirigiu-se a Marialva que, olhos languidamente entrecerrados, dançava sozinha no meio da sala:

— "Olho-te, e o teu mistério me penetra."

De Schmidt, ele se lembrava agora. Encalorado, tirou o paletó, largando-o numa cadeira. Deixou cair do bolso os recortes sobre o lançamento em São Paulo e o envelope com a carta que Mendonça lhe dera. Cambaleante, apanhou-os no chão, deu apenas uma rápida olhadela nos recortes:

— Pois sim, que eu vou a esse lançamento — disse para si mesmo.

Rasgou tudo, recortes e envelope, em mil pedaços que atirou pela janela. O vento soprava sobre ele, desarrumando-lhe os cabelos e agitando no ar os pedacinhos de papel como mariposas alucinadas. Lá fora, em outras janelas, as cortinas se agitavam, a ventania sacudia a copa das árvores, assanhava as roupas nos varais, soprando por sobre os telhados da Lapa. Folhas secas e pedaços de papel voavam em redemoinhos pelas esquinas.

Ele se voltou, aproximou-se de Marialva, que continuava a dançar sozinha, enlaçou-a como se fosse dançar com ela e beijou-a na boca.

A luz do sol se infiltrava pela janela mal cerrada, batendo em seu rosto. Abriu com dificuldade um olho, depois outro. Viu-se deitado numa cama de casal, coberto por um lençol, apenas as pernas de fora.

Apoiou-se nos cotovelos e correu a vista ao redor, sem saber que quarto era aquele. Voltou a olhar suas pernas — puxou o lençol e, espantado, descobriu que estava nu.

De um salto pôs-se de pé, por pouco não esmigalhou os óculos no chão, ao lado da cama. Depois de colocá-los, caminhou trôpego até a janela, abriu-a, olhou para baixo. Deslumbrado pelo sol, mal pôde ver o tráfego confuso e barulhento da rua do Riachuelo, os Arcos, os prédios velhos da Lapa.

Voltou-se, avançou até a sala. Tudo na maior desordem: copos por todo lado, cinzeiros cheios — as malas e os instrumentos haviam desaparecido, como os próprios músicos.

Zonzo, a cabeça estalando, achou às tontas o caminho da cozinha. Abriu a geladeira, empolgou uma garrafa de água pelo gargalo e bebeu sofregamente. Molhou o rosto com a água da pia, lavou a boca, enxugou-se num pano de prato.

De súbito estacou, surpreso: uma voz de mulher trauteava uma música no banheiro.

A NUDEZ DA VERDADE

Dirigiu-se para lá, cauteloso. Pela porta entreaberta, vislumbrou o corpo de Marialva através da cortina do chuveiro. Então se lembrou de tudo — ou quase tudo. Ocultou rápido a própria nudez atrás da porta:.

— Marialva — chamou.

— Sim senhor, hein, professor... — respondeu ela, enquanto se ensaboava.

— E o resto do pessoal?

— Deve estar em São Paulo há muito tempo. Só eu não fui... Preferi ficar com você.

— Deixe de brincadeira. Você não ia mesmo.

— Agora já sei de quê você é professor.

Ele respirou fundo, pensando em Carla: não tivesse ela desistido de viajar com ele e nada daquilo teria acontecido.

— Não me lembro direito...

Na verdade se lembrava, e muito bem: o beijo, depois os dois trancados no quarto, nos braços um do outro, entregues às mais desatinadas carícias, enquanto a animação prosseguia lá na sala. Depois aquele silêncio...

— Nem vi a hora que eles foram embora.

Insensivelmente ele havia avançado até perto do chuveiro. Marialva se inclinou para fora e lhe deu um beijo na ponta do nariz, sujando-o de

25

espuma. Depois voltou a ensaboar-se atrás da cortina:

— Se o telefone chamar, não atende não, viu, bem? — recomendou lá de dentro. — E se baterem na porta, fique quietinho, para fingir que não tem ninguém em casa.

— Você está esperando alguém?

— Não. Mas nunca se sabe, né? E hoje meu dia vai ser todo seu, como você me pediu.

Ele tornou a respirar fundo:

— Até logo — disse apenas, e deu meia-volta.

— Aonde é que você vai?

— À cozinha fazer um café. Tem café aí?

— Numa lata ao lado do fogão. O pão deve estar aí fora, no corredor.

Ele balançou a cabeça, resignado, ao ouvir, enquanto se afastava, que ela voltara a cantarolar alegremente debaixo do chuveiro.

Ficou a remexer na cozinha, assim mesmo nu. Encontrou o café, pôs a água a ferver. Depois abriu com cautela a porta: ali estava, ao seu alcance, no parapeito da amurada, o embrulho do pão deixado pelo padeiro. Deu um passo à frente, esticando o braço, sem perceber que seu corpo havia transposto completamente o umbral.

Mal tocou o embrulho do pão, ouviu atrás de si

A Nudez da Verdade

a porta, impulsionada pelo vento, fechar-se com uma pequena pancada.

3

Sobressaltado, ele se lançou sobre a porta e forçou-a em vão. Apertou o botão da campainha, olhando aflito para um lado e para outro do corredor. Ouviu que Marialva deixava de cantarolar, fechando de imediato o chuveiro. Deu umas batidas nervosas na porta — quanto mais batia, mais silêncio fazia lá dentro. Na certa ela pensava que fosse alguém mais.

— Marialva! — chamou baixinho. — Sou eu, Marialva.

Quando ia bater de novo, ouviu a porta do apartamento vizinho se abrindo para dar saída a um casal. Voltou-se, e não tendo como se esconder, ficou a olhar, siderado, tapando o sexo com o embrulho do pão. Era uma mulher alta e ainda moça, seguida de um senhor calvo, baixo e corpulento. Dando com um homem nu e de óculos diante de si, ela arregalou os olhos, estarrecida, cutucando a ilharga do companheiro, ocupado em correr a chave na porta. Ao vê-lo, o outro não vacilou: abriu de novo a porta, pôs a mulher para dentro, tornou a fechar e o encarou, truculento:

— Qual é a sua, companheiro, nu aí desse jeito?

E avançou, já passando a mão na cintura para sacar o revólver.

— Espera, que eu explico tudo... — e o homem nu, sempre se protegendo com o embrulho do pão, recuou dois passos.

Quando viu a arma, fez meia-volta e saiu em disparada pelo corredor. Na extremidade oposta outro apartamento se abriu, dele surgindo uma velha a puxar um carrinho de feira.

— Virgem Santíssima! — ela disparou a gritar: — Um homem pelado! Socorro!

E abandonou o carrinho, embarafustando-se porta adentro.

Ele olhou para trás: o careca já vinha em sua direção, a empunhar o revólver.

— Por favor, não atire! — implorou.

Alcançou a escada ao lado do elevador e jogou-se por ela abaixo, o outro a persegui-lo. Desceu

A NUDEZ DA VERDADE

dois lances, e ia partir para o terceiro, quando deu com o elevador parado naquele andar. Arrepiou carreira e abriu a porta, refugiou-se lá dentro. O careca passou direto, correndo e gritando:

— Pega! Pega o tarado!

Encolhido no elevador, ele viu, aterrorizado, a porta interna se fechando. Tentou retê-la, não conseguiu. Em pânico, acompanhava confusamente os andares que se sucediam na descida. Estava sendo levado cada vez mais longe do apartamento de Marialva.

No térreo, uma mulher de preto aguardava, ar de viúva, acompanhada de uma menina de seus treze anos. Ela abriu a porta do elevador e ia entrando, mas tornou a fechá-la, estupefata, ao ver ali um homem como Deus o pôs no mundo. Convocou o porteiro aos berros:

— Um homem nu no elevador!

Desesperado, ele comprimia ao mesmo tempo todos os botões do quadro. A porta interna fechou-se e o elevador subiu.

O porteiro veio correndo:

— Um homem no elevador? E daí?

— Nu! Sem roupa! Sem roupa nenhuma!

O careca, esbaforido, irrompia da escada com seu revólver:

31

— Onde está ele?

E brandia a arma quase no rosto da mulher de preto.

— Cuidado! — o porteiro lhe pediu calma: — Guarda esse negócio, seu Gregório. O senhor ainda acaba machucando alguém, com essa mania de revólver.

Ouvindo o alarido, curiosos acorriam da escada e dos apartamentos no térreo. Enquanto isso, Proença abria cautelosamente o elevador, que havia parado num dos andares. Não vendo ninguém, esgueirou-se até o apartamento de Marialva, tocou a campainha com insistência:

— Abre aí, Marialva!

A porta se abriu e, em vez de Marialva, ele viu diante de si um senhor de pijama, com o rosto ensaboado, aparelho de barba na mão, a olhá-lo de alto a baixo:

— Que significa isso?

Só então percebeu que estava no andar errado. Ouviu lá dentro uma voz de mulher:

— Quem é?

Para que ela não o visse, o homem bateu-lhe com a porta na cara. Desorientado, correu para a escada, mas não teve tempo de alcançá-la: a porta do elevador se interpôs, dando saída ao porteiro e seu auxiliar.

— Olha ele aí! Segura ele!

— Eu explico — balbuciou.

Não queriam saber de explicações: avançaram em sua direção, dispostos a tudo. Mal teve tempo de esquivar-se deles, tornando a descer a escada, os dois na sua cola. No segundo lance, chocou-se de frente com o careca do revólver, que vinha subindo, ambos despencaram pelos degraus, aos trambolhões.

Recuperando o equilíbrio, continuou descendo aos saltos até atingir o andar térreo. Passou como um rojão pela portaria, esbarrando em cheio na mulher de preto e sua filha. As duas começaram a gritar, assustadas. Despenhou-se pela escada que levava ao subsolo, ouvindo atrás de si o tropel de perseguidores que chegavam ao térreo:

— Onde está ele? Passou por aqui?

O porteiro amparava o homem do revólver, que mal podia andar, arrastando uma perna. Fê-lo sentar-se numa cadeira da portaria:

— Polícia... — gemia ele: — Chamar a polícia...

4

Enrolada na toalha, Marialva finalmente deixava o banheiro e ia até a cozinha. Deu com a chaleira no bico de gás aceso, a água fervendo, a entornar no fogão. Desligou o gás, voltando para a sala:

— Professor! Onde é que você está, meu bem?

Foi olhar no quarto, não o encontrou. Não havia mais onde procurar, no pequeno apartamento. Chegou a se debruçar na janela e olhar para a rua. Depois, mãos na cintura, ficou um instante plantada no meio da sala, como à espera de que ele se materializasse diante dela.

— Onde é que você se meteu? — falava para si mesma. — Brincadeira tem hora.

Sorriu, feliz, ao ver a cortina da janela recolhida para o lado e inflada pelo vento. Pé ante pé, foi até lá e abraçou a cortina com um gritinho, vitoriosa — e logo desapontada: ninguém.

Voltou ao quarto e ia começar a se vestir, quando lhe chamou a atenção a roupa dele na cadeira, a mala a um canto. Confusa, desistiu de entender.

Escutou vozes lá fora, no corredor. Entreabriu a porta do apartamento para ouvir melhor. O porteiro dava uma ordem afobada a seu auxiliar, passando por ela sem vê-la:

— Procura em todos os andares, enquanto eu desço pelo elevador e aviso à polícia.

Ouvindo falar em polícia, Marialva precavidamente fechou a porta.

Na portaria do prédio, seu Gregório, o do revólver, guardara a arma e cedera a cadeira à mulher de preto: ela parecia estar pior do que ele, com o empurrão que levara. A filha, a seu lado, ria sem parar. Vizinhos e curiosos se aglomeravam ao redor, todos perguntando ao mesmo tempo:

— Onde está ele?

— Um assaltante?

— Fugiu para a rua?

— Que está acontecendo, afinal?

Enquanto isso, o causador de todo aquele alvoroço irrompia na garagem do subsolo e se de-

A NUDEZ DA VERDADE

tinha, ao dar com vários móveis espalhados por ali. Um caminhão de mudança obstruía a saída, o motorista cochilando na direção. Uma mulher de seus quarenta anos, calça jeans e lenço amarrado na cabeça, comandava com decisão os carregadores, três crioulos de ar folgazão:

— Cuidado com o piano, foi afinado outro dia mesmo. Deixa ele por último.

Proença teve que se ocultar rápido atrás de uma coluna, que foi contornando à medida que a mulher se deslocava. Acabou esbarrando no caminhão — para não ser visto, só lhe restou galgá-lo e se esconder lá no fundo.

Logo apareceram dois moradores que haviam se juntado aos que perseguiam o homem nu, dando à mulher notícia do acontecimento:

— Nu em pelo, dona Marieta.

— Homem nu? — e dona Marieta sacudiu a cabeça, cética: — Meu filho, para dizer a verdade, há muito tempo que eu não vejo homem nu.

— Deve ser algum ladrão — disse um.

— Ladrão? — tornou outro. — Algum tarado, isso sim.

— Chegou a puxar revólver para seu Gregório, do seiscentos e um.

— Puxou revólver de onde? — estranhou ela.

37

— Não estava nu?

— Seu Gregório é que puxou revólver para ele — corrigiu outro. — E foi agredido na escada, com revólver e tudo.

— Pois eu deixei de saber — encerrou ela: — Estou me mandando.

— A senhora vai para aonde, dona Marieta?

— Para o lugar de onde nunca devia ter saído.

Os carregadores continuavam a acomodar os móveis no caminhão já cheio. Agora se voltavam para o pequeno piano, que haviam deixado por último. Dona Marieta tornou a adverti-los: tivessem muito cuidado. Depois arriaram a lona e se aboletaram na traseira do caminhão, pernas dependuradas para fora. Lá da rua, já em seu carrinho, ela acenou para o motorista, ordenando que a seguisse.

E lá foi dona Marieta à frente do caminhão, levando a sua mudança e um homem para o lugar de onde nunca devia ter saído.

Escondido entre os móveis, nas entranhas do caminhão, ele mal podia respirar. Conseguiu um pouco de ar, ao descobrir um orifício na lona, no qual chegou o nariz. Naquela correria toda, não havia largado o embrulho do pão, que segurava

A NUDEZ DA VERDADE

ainda entre os dedos crispados. Com a fome que sentia, só lhe restava comê-lo. Foi o que se pôs a fazer, enquanto tentava organizar as ideias, ainda tonto com a bebedeira da véspera, sem entender o que estava lhe acontecendo.

Depois de atravessar a Lapa, o caminhão ganhou a Praia do Flamengo, a caminho da Zona Sul. Passou por Botafogo, Copacabana e ao chegar a Ipanema se deteve numa rua transversal à praia, em frente a um pequeno bangalô imprensado entre dois prédios, um dos últimos ainda existentes no bairro.

Dona Marieta saltou de seu carro, indo ao encontro de alguém na varanda da casa:

— Luís Carlos!

— Marieta...

E Marieta caiu nos braços de Luís Carlos — um homem de seus cinquenta anos, bermuda, camisa esporte e sandália de dedo, que a esperava na cadeira de vime fumando um charuto. Depois do abraço, ele a impeliu docemente para o interior da casa:

— Você deve estar cansada, meu anjo. Deixa que eu cuido disso.

Ela olhava a casa com ar de quem regressava ao paraíso. Antes de entrar, recomendou ainda:

— Fala com eles para terem cuidado com o piano.

Luís Carlos, charuto em punho, passou a comandar os carregadores. Começaram pelo piano, com o cuidado tão requerido. Em seguida os móveis foram sendo retirados do caminhão e levados para o interior da casa, além de várias malas, caixas com objetos de toda espécie, garrafas de bebida, até uma raquete de tênis.

Por último, chegou a vez do armário, no fundo do caminhão:

— Pega de lá.

— Aguenta aí.

O motorista veio ajudar, mas só fazia gestos de guarda de trânsito:

— Mais para cá. Isso. Vem... Pode vir. Agora vai que é mole.

Os crioulos eram fortes, e se empenhavam diante da fiscalização de Luís Carlos, na esperança de uma boa gorjeta. Estranhavam o peso do armário:

— Devíamos ter desmontado esta joça.

— Agora é ir levando.

— Com jeito vai...

5

Finda a mudança, Marieta correu a casa para verificar a disposição que os carregadores haviam dado à mobília. Concluiu, conformada, que teria de rearrumar tudo.

Luís Carlos os despachou, depois de acertar com eles o pagamento, e veio juntar-se a ela no quarto. Encontrou-a entretida em retirar as roupas de uma das malas, agarrou-a pelas costas. Ela se deixou abraçar, rindo, mas logo desvencilhou-se dele e abriu uma das portas do armário, dependurou um vestido:

— Espera um pouco, meu bem...

— Já esperei muito.

— Você não perde por esperar — prometeu ela.

Girou o corpo e por sua vez o abraçou, beijando-o na boca.

— Eu sabia que você acabava voltando — sussurrou ele.

Novos beijos, cada vez mais sôfregos. Encolhido atrás da porta do armário que permanecia fechada, Proença praticamente testemunhava toda a cena. Por um ângulo do espelho da penteadeira a um canto, viu os dois se jogarem na cama, atracados sobre o colchão sem lençol. Uma blusa de mulher foi atirada na cadeira junto ao armário, seguida de uma calça jeans, e a camiseta dele, a bermuda. Ruído das molas do colchão, suspiros, gemidos.

A bermuda era tudo que ele via agora de dentro do armário. Quando as coisas afinal pareciam ter-se aquietado um pouco na cama, arriscou estender cautelosamente o braço em direção a ela. Mal seus dedos a alcançaram, ouviu a voz espantada de Marieta:

— Meu Deus, olha ali!

Recolheu rapidamente o braço — era tarde:

— No armário, Luís Carlos!

Ele se ergueu rápido da cama, apanhando logo a sandália: uma barata, na certa — estava acostumado, era a única coisa capaz de despertar nela tamanho horror. Foi até o armário e, sandália em riste, com um puxão escancarou a segunda porta.

A NUDEZ DA VERDADE

Por um instante os dois homens nus, estatelados de surpresa, ficaram olhando um para o outro.

O do armário não vacilou mais: pulou para fora. Ao mesmo tempo a mulher saltava da cama, a gritar. Os três corpos se agitavam despidos no pequeno quarto atulhado de móveis, e eram cabeças, troncos e membros que se embaralhavam como numa dança macabra, em meio a exclamações ofegantes.

Ele conseguiu enfim desvencilhar-se dos dois e se lançou pela janela, tombando no minúsculo jardim. Meio alquebrado, apanhou na grama os óculos que haviam saltado na queda, ergueu-se como pôde e escapuliu pelo portão. E se viu sob o sol a pino em plena rua.

Parou, atordoado, olhou para um lado e para outro. Percebeu confusamente que o homem, lá da janela, erguia os braços, a gritar, furioso, mas sem poder persegui-lo, pois também estava nu. Do alto de uma construção um operário, às gargalhadas, o apontava a seus companheiros. No ônibus que cruzava a esquina um passageiro o viu e, pasmado, chamou a atenção dos demais. Duas meninas de colégio que vinham a conversar, distraídas, recuaram ao dar com ele, tomadas de um riso nervoso. Um senhor de cabelos brancos, que passava de braço com a mulher pela calçada fronteira, revoltado, tapou os olhos dela, para que não visse aquela indecência. Uma negrinha a empurrar um carro de criança não podia de tanto rir. De todos os lados ouviam-se gritos:

— Um homem nu! Um homem nu!

Os fregueses que tomavam chope no bar logo adiante, muitos apenas de calção, esticavam o pescoço, tentando ver o que acontecia, alguns já de pé, copo na mão. Várias cabeças se voltavam nos carros que passavam. Uma lourinha distraiu-se ao volante do seu, virando-se para ver, o carro saiu desgovernado, subiu na calçada, abalroou a banca de jornais.

Aturdido com a comoção que provocava ao redor, ele aproveitou-se do instante em que as atenções se voltavam para o carro da lourinha na calçada e partiu em direção oposta, dobrando a esquina da primeira rua. Um PM apareceu correndo e passou a interpelar os circunstantes, que lhe davam informações disparatadas:

— Nu da cabeça aos pés.

— Só de óculos, seu guarda: mais nada.

— Saiu pela janela daquela casa ali.

— O marido apanhou a mulher com ele.

Na outra rua, oculto atrás da fila de carros estacionados, Proença tentava abrir a porta de um e outro. Era inútil, estavam trancados. Até que um deles se abriu — e o alarme disparou.

— Ladrão de carro! — gritou alguém, vindo a correr da portaria de um edifício.

Não parecia estranhar que o ladrão estivesse sem roupa:

— Ladrão! Pega! Pega!

Outros perseguidores iam aparecendo de todos os lados. Em pânico, ele saiu desatinado pela rua que levava diretamente à praia. Deteve-se, arquejante, diante do espaço aberto à sua frente, irresoluto sobre que direção tomar. Ouvindo um clamor atrás de si, aquela buzina infernal sempre a tocar, atravessou rápido a avenida, mas não chegou a atingir o calçadão: foi atropelado por uma bicicleta.

Caiu o atropelado e caiu o ciclista, um menino de seus doze anos. Nem um nem outro sofreu mais que alguns arranhões, mas a trapalhada que se seguiu foi tamanha que ele acabou montando na bicicleta e fugiu a pedalar. Desajeitado, não chegou a ir muito longe: era uma bicicleta pequena, mal podia com ele — teve de abandoná-la logo adiante, antes que fosse apanhado.

A correr agora pelo calçadão, sua nudez ia despertando o pasmo de todo mundo: dos que caminhavam — ou também corriam — em sentido contrário, dos carros que passavam, dos banhistas na areia. Vários deles partiam ao seu encalço. Um rapaz de calção veio da praia em disparada, agitando no ar uma toalha:

— Espera, cara! Toma aqui!

E o rapaz lhe estendia a toalha, quase se emparelhando com ele. Tentou segurá-la, não deu tempo: vários carros freavam bruscamente, engarrafando o trânsito, algumas pessoas chegavam a abandoná-los, postando-se no calçadão para lhe impedir a passagem.

Ao se ver acuado, saltou na areia e partiu em direção ao mar, valendo-se de umas macegas esparsas para se ocultar aqui e ali.

Logo alcançava a água e se afastava nadando, como um banhista qualquer. Teve a cautela de segurar os óculos na mão, o que lhe dificultava um pouco as braçadas. Mas era bom nadador, e conseguiu vencer a arrebentação, confundindo-se com uns surfistas que pegavam onda por ali. Os banhistas que haviam se atirado na água em sua perseguição acabaram desistindo.

Plantado na areia, mãos na cintura, um PM fi-

A NUDEZ DA VERDADE

cou a olhá-lo, impotente.

— Por que estão querendo prender aquele cara? — uma jovem de maiô, alheia a tudo, perguntou ao rapaz da toalha.

— Porque ele estava sem roupa, você não viu?

— Infelizmente não deu para ver. Sem calção, sem nada?

— Sem nada. Nu de corpo inteiro — informou ele, em linguagem de fotógrafo.

— De corpo inteiro? — e ela sacudiu a cabeça, com um sorriso indefinível.

Naquele instante a lourinha do carro que destruíra a banca de jornais, ao depor na delegacia policial daquele distrito, foi mais explícita:

— Não tive culpa. Não é todo dia que a gente vê um homem nu.

6

O tempo estava virando. O sol se escondera e o céu agora se cobria de nuvens. Uma forte ventania começou a soprar, prenunciando tempestade.

E ele sempre nadando, agora paralelo à praia distante. Parou um pouco e ficou a boiar, para recuperar o fôlego.

Grossas gotas começaram a cair, espantando os banhistas lá na praia: recolhiam às pressas camisas e toalhas, fechavam as barracas e, já debaixo de uma súbita pancada de chuva, abandonavam apressados a areia que o vento chicoteava, sacudindo a copa das palmeiras.

Voltou a nadar, agora de volta à terra firme. Deixou-se levar pelas ondas até alcançar a orla do mar. Pôde finalmente ficar de pé, com água pela cintura, debaixo de chuva. Antes de prosseguir, examinou a praia deserta, como um animal à espreita. Não vendo ninguém, ganhou a areia e foi avançando, cauteloso, esgueirando-se pelas dunas que havia por ali.

Já próximo ao calçadão, viu do outro lado a entrada do Praia Clube também sem ninguém. Mais adiante, um PM se abrigava da chuva sob a marquise de um edifício. Alguém num carro que ia passando se virou e, ao vê-lo parado, desnudo sob o aguaceiro, deu uma freada brusca, que chamou a atenção do PM.

Sem hesitar, Proença saiu a correr, atravessando a avenida e cruzando o portão do clube. Evitou a alameda central e enveredou pelo gramado, entre as quadras de tênis, procurando onde se esconder. Lá de sua guarita, onde se refugiara da chuva, o porteiro o viu passar e o intimava a parar aos gritos, enquanto ele sumia por uma porta. Apontou-a ao PM, que chegava correndo:

— Ali no vestiário!

Tão logo Proença cruzou a entrada, viu-se rodeado de homens sem roupa, alguns se ensaboando nos chuveiros, outros se vestindo, muitos conversando e rindo.

— Bem — respirou, aliviado. — Pelo menos aqui estamos todos nus.

A NUDEZ DA VERDADE

Eram sócios do clube, numa alegre excitação por terem sido subitamente afugentados da piscina pela chuva. Ninguém pareceu estranhar sua presença, quando se misturou a eles.

A porta se abriu logo em seguida, dando entrada ao PM, seguido do porteiro. Ambos se detiveram, desorientados. Ao vê-los, ele se esgueirou até o fundo do vestiário e refugiou-se num chuveiro, abrindo a torneira. Ouviu de lá o militar interpelando o roupeiro, encarregado dos escaninhos:

— Viu um homem nu entrando aqui?

— Homem nu? — tornou o outro, ar apatetado.

O PM fez um gesto de impaciência:

— Entrou um elemento aqui agora mesmo sem roupa nenhuma.

Um dos sócios, ao ouvir a conversa, voltou-se para os demais:

— O guarda está procurando um homem nu, minha gente.

Outro abriu os braços diante do PM:

— Eu não sirvo?

Furioso, o militar passou pelos homens nus que continuavam a gracejar com ele e foi se plantar à porta do vestiário:

— Todos saem vestidos. Um tem de sobrar sem roupa.

51

Ao deixar o chuveiro, Proença pôde ver, desolado, o roupeiro a recolher por ali as toalhas usadas e levá-las consigo. Não havendo como se enxugar, procurou ao menos tirar com as mãos um pouco da água do corpo. Depois nada mais lhe restou fazer senão trancar-se num dos toaletes.

Sentado no vaso, respirou fundo: era o seu primeiro momento de descanso desde o início daquele pesadelo. O banho, de certa maneira, não deixara de ser reconfortante. Chegou mesmo a usar o sabão encontrado no chuveiro. E agora ali estava, o corpo ainda úmido, sem saber o que seria dele. Mas como foi mesmo que tudo aquilo começara? Depois de tanto susto e tanta correria, não tinha condições de se lembrar direito. Os vapores da bebida na véspera pareciam ainda lhe embaralhar a memória. Conseguia recolher apenas alguns fragmentos dos instantes vividos, como num sonho, com Marialva nos braços — o único saldo de prazer que lhe ficara de sua odisseia. E o que faria agora para que ela terminasse? Não podia se denunciar, sob risco de Carla vir a saber de tudo. Em casa, não muito longe, ela certamente o imaginava em São Paulo, quem sabe até arrependida de não ter ido com ele.

Um cigarrinho, agora, não iria nada mal, pen-

A NUDEZ DA VERDADE

sou, desconsolado, na sua completa nudez. A nudez da verdade — de quem era mesmo isso? A nudez forte da verdade. "Sob o manto diáfano da fantasia..." E o que é a verdade? — o próprio Cristo havia perguntado a Pilatos.

Mas isso era lugar para pensar em Cristo?

Exausto, deixou pender a cabeça, chegou a cochilar.

Ao fim de alguns minutos despertou assustado — não sabia quanto tempo ficara ali dentro. Resolveu sair, antes que sua demora acabasse chamando atenção. Dirigiu-se ao lavatório, ficou lavando as mãos enquanto observava disfarçadamente pelo espelho o que se passava atrás de si.

O vestiário estava bem mais vazio. Alguns sócios ainda despidos dirigiam-se ao balcão do roupeiro e recebiam dele a chave do escaninho com suas roupas.

Voltou-se e foi até lá, tentando aparentar tranquilidade.

— O senhor? — perguntou o roupeiro.

Tinha ar humilde — mas não ousou se abrir com ele, pedir ajuda.

— Nada não — respondeu.

O roupeiro ficou a olhá-lo, francamente desconfiado, e, como quem não quer nada, afastou-se dali, dirigindo-se ao PM, à porta do vestiário, agora em conversa com um diretor do clube.

Sentindo-se perdido, Proença agachou-se rápido atrás do balcão onde já divisara um telefone. Cantarolou nervosamente a quadrinha que Eliseu compusera sobre o telefone de Marialva, "dois-um-três, dois-um, três-meia", enquanto discava:

— Alô, Marialva? — falou, num sopro. — Sou eu, o Telmo. Telmo Proença! O professor! Estou aqui... Não, pelo amor de Deus, escuta! Estou sem roupa nenhuma, preciso que você me ajude. Em Ipanema, no Praia Clube. Por favor, escuta! A porta bateu, fiquei preso do lado de fora. Sabe onde fica o Praia Clube? Isso! A mala, a roupa, tudo! Pega um táxi...

Não deu para falar mais nada: o roupeiro voltara ao interior do vestiário, acompanhado do PM e do diretor do clube. Só teve tempo de desligar o telefone e se encolher atrás do balcão.

— Ele estava aqui agora mesmo — dizia o roupeiro.

Quando os três se afastaram, aproveitou-se para se esgueirar entre alguns poucos que ainda restavam por ali, vestindo-se em frente aos seus escaninhos. Voltou ao mesmo toalete, trancou-se por dentro, tornou a sentar-se.

A NUDEZ DA VERDADE

Em pouco o vestiário ficava completamente vazio. O PM passou em revista chuveiros e toaletes. Deu com um deles trancado.

— Só pode ser ele — sussurrou para o roupeiro.

Experimentou a porta, acabou batendo com o nó dos dedos.

— Tem gente — foi tudo que ocorreu a ele responder.

O PM foi chamar o diretor e, a uma ordem sua, meteu o coturno na porta, arrombando-a.

Lá dentro não havia ninguém.

7

Por pouco ele não ficou entalado na janela, ao escapar do toalete. O fato de estar nu lhe dera pelo menos esta vantagem: vestido, jamais passaria pelo basculante de vidro.

Meio escalavrado, tombou na calçada de cimento junto à parede. Logo se ergueu e saiu correndo, ao ouvir um tropel vindo da porta do vestiário: era o PM com o diretor e o roupeiro, que partiam à sua procura.

A chuva se fora como viera. Várias pessoas, homens e mulheres espalhados pelas mesas à beira da piscina, ao ver um homem despido passar correndo, o apontavam aos demais com exclamações de espanto. Na varanda da sede social, junto ao restaurante, havia mais gente ainda, e foi grande o rebuliço quando ele cruzou por ali em alta velocidade, deixando para trás o PM, que já sacava o revólver:

— Para, senão eu atiro!

Antes que o militar atirasse, conseguiu alcançar a saída para a rua, aos fundos do clube. Quase foi atropelado por um ônibus ao atravessar o asfalto, para o pasmo do motorista e dos passageiros que chegaram a vê-lo. Embarafustou-se pela passagem lateral de um edifício, saltou a mureta que o separava de outro prédio. Já livre dos que o perseguiam, deu consigo no pátio interno de um apartamento térreo. Foi logo denunciado por uma mulher à janela do segundo andar, aos gritos. Não perdeu tempo em pular o muro à sua frente e desaparecer.

— Você viu? — falou a mulher para a vizinha, numa das sacadas do edifício fronteiro. — Um maluco sem roupa nenhuma!

— Não é maluco — informou a outra. — Deu na televisão agora mesmo. Não ouvi direito, mas pelo que disseram é um concurso: quem agarrar o homem nu ganha um prêmio.

— Pouca vergonha — tornou a primeira. — Nu daquele jeito! Hoje em dia não respeitam mais nada. Um escândalo, com tudo de fora!

A NUDEZ DA VERDADE

O causador do escândalo conseguia transpor mais um muro que se antepunha no seu caminho, provocando novos alarmes das janelas que davam para a área interna dos edifícios:

— Lá vai ele!

— Está mesmo nu!

Um PM, o mesmo que o vinha perseguindo até então, informava em largos gestos aos seus colegas de um carro da polícia junto à calçada:

— Parece louco, fugido de algum hospício. Mas pode também estar drogado.

Um dos policiais da radiopatrulha passava pelo rádio a notícia a seus superiores:

— Tem mesmo um elemento com a genitália exposta em plena rua, cometendo atentados ao pudor aqui em Ipanema, visto? Uns dizem que é perturbado das faculdades mentais, investe contra as pessoas; outros, que se trata de uma promoção da TV. Entendido, Central? Vamos permanecer na área até a detenção do anormal. Solicito reforço para fazer o cerco completo do quarteirão. Câmbio!

Dos apartamentos de fundos, havia aqui e ali quem vislumbrasse o fugitivo galgando muretas e divisórias que separavam as áreas internas, se esgueirando pelos pátios e passagens entre os prédios. Na rua, uma repórter saltou do carro da TV, espevitada, microfone em punho, seguida do câmera e seu auxiliar:

— Estamos transmitindo ao vivo de Ipanema, prontos a surpreender o homem nu a qualquer momento. Vamos agora entrevistar aquela senhora que acabou de vê-lo.

Aproximou-se de uma mulher gorda, que, muito nervosa, não sabia se ria ou chorava:

— A senhora viu o tarado? Estava mesmo nu?

— Vi sim, foi horrível! — respondeu a gorda, e se compenetrou, tentando uma postura contida diante da câmera. — Eu moro ali no segundo andar, e quando cheguei na janela para regar minhas plantinhas, olhei para baixo e vi... Vi um homem sem roupa nenhuma, só de óculos, passando nos fundos do prédio, todo sujo, com um olhar apavorado, parecia um monstro!

— É isso aí — encerrou a repórter. — Mais um flagrante deprimente entre tantos desta cidade que já foi chamada de maravilhosa! Fique conosco! Podemos voltar a qualquer momento. Alô, estúdio!

As emissoras de rádio davam seguidas notícias do acontecimento. Uma delas transmitiu a conversa telefônica de sua entrevistadora com um escritor:

A NUDEZ DA VERDADE

— Sendo o senhor uma das pessoas mais credenciadas a falar sobre o homem nu...

— Me desculpe, mas o que você está querendo dizer com isso?

— Não me leve a mal... É que o senhor publicou um livro com esse título e eu achei...

— É o título de uma das histórias incluídas no livro, apenas isso.

— Pois é. Então eu achei que podia nos dizer alguma coisa sobre esse depravado que está aterrorizando a cidade inteira, atacando as pessoas. O senhor não está acompanhando?

— Confesso que não.

— Bem, está solto o dia todo pelas ruas, ninguém consegue apanhá-lo. Não se sabe quem é, nem mesmo se existe de verdade ou se é fruto da imaginação das pessoas. Gostaria que o senhor nos falasse sobre ele. E sobre nudez, de modo geral.

— Lamento muito, mas confesso que a minha experiência sobre o assunto é muito limitada, se circunscreve à história que mencionei. Posso apenas repetir o que dizia aquele banqueiro de Minas, não sei muito a que propósito, quando negava um empréstimo: a gente nasce nu; estando vestido, já entrou no lucro.

— O senhor gostaria de declarar mais alguma coisa?

— Só que debaixo das roupas estamos todos nus. Inclusive eu e você.

Àquela altura, muitos eram os que telefonavam para a polícia: o homem nu vinha sendo visto em diferentes bairros da cidade ao mesmo tempo. Tudo levava a crer que já devia ser mais de um.

Com o corpo enlameado das quedas e escorregadelas em poças da chuva recente, ele continuava a avançar pelas áreas ao fundo dos prédios, vilas e passagens transversais. Tendo que cruzar correndo uma ou outra rua, sempre acossado pelos que o viam, foi dar no Jardim de Alá.

Alheia a tudo, uma equipe de filmagem sob o comando do cineasta David Neves rodava nas imediações algumas cenas de sua próxima produção. Foi o bastante para aumentar a confusão entre os perseguidores:

— Tudo figuração, minha gente! É artista de cinema!

Confusão de que Proença se valeu, indo sem ser visto se refugiar atrás do tabique de madeira que escondia um prédio em demolição, aparentemente abandonado. Ali talvez encontrasse o que buscava: um canto qualquer onde se esconder e esperar a noite. Somente protegido pelo escuro conseguiria sair daquela situação, acordar daquele pesadelo.

Sua esperança redobrou quando viu surgir alguém dos escombros do prédio. Era um sujeito franzino e malvestido, barbicha rala, de idade indefinida, ar de recém-chegado do Nordeste num caminhão de pau de arara. Com certeza fizera dali o seu abrigo, à falta de melhor lugar. Trazia uma varinha na mão e o olhava com curiosidade meio insolente de quem pergunta: como ousa invadir os meus domínios?

— Me ajuda, companheiro — pediu Proença, persuasivo. — Me arranja alguma roupa, qualquer uma serve. Depois lhe dou o que quiser, tenho dinheiro, é só você me ajudar.

— Tá sentindo frio, moço? — perguntou o outro, com sotaque nordestino.

Na verdade ele tremia, protegendo-se com os braços, mas era menos de frio que de ansiedade:

— Qualquer coisa — repetiu. — Você não vai se arrepender.

— Me arrependo não, bichinho — tornou o pau de arara, com um sorriso sem dentes. — Tou até apreciando esse seu jeito aí, nuinho e todo encabulado... Sabe que eu tou sem mulher já vai pra mais de dois meis?

Essa não, pensou ele, desarvorado. Além do quê, o cabra tinha uma peixeira atravessada na cintura:

— Pera aí que eu vou te arranjar uma roupinha...

Passou por ele num passinho miúdo, a observá-lo com olho cúpido, e, abrindo a tramela de uma porta no tabique, ganhou a rua. Para aumentar-lhe a aflição, lá fora ouvia-se agora, se aproximando, a sirene de um carro da polícia.

Não esperou mais para precipitar-se em direção oposta e irromper através de uma sebe viva ao fundo da demolição.

Estava num terreno baldio cheio de lixo e detritos. Procurou no lixo alguma coisa com que se cobrir. Encontrou apenas um pequeno trapo e um tênis velho. O trapo serviu ao menos para limpar os óculos, que estavam embaçados.

O jeito era prosseguir. Transpôs mais um muro, este bem alto, só conseguiu escalá-lo a duras penas, valendo-se de uma trepadeira. Exausto, tombou do outro lado — para se ver, de súbito, em ambiente bem diverso daquele que acabara de deixar.

8

Era uma festa de casamento ao ar livre, no *playground* de um moderno edifício de apartamentos. Sentados nas mesas ao ar livre ou em pé a conversar, os convidados exibiam uns aos outros a sua elegância: os homens de terno escuro e gravata, as mulheres de salto alto e vestido decotado, algumas até de chapéu. Na pérgula a um canto, um conjunto de instrumentos elétricos tocava aquele tipo de música de fundo que ora se parece com qualquer outra, ora com nenhuma. Garçons circulavam, eficientes e solícitos, com suas bandejas de bebidas e salgadinhos.

Os noivos estavam sendo fotografados. Ele, de paletó mescla e calça listada; ela em seu longo vestido branco e ainda de véu e grinalda, que retirou depois das fotos, para não lhe embaraçar os movimentos. E foram ambos postar-se junto ao *buffet*, na mesa ao centro, diante de um imenso bolo, que partiram sob o aplauso de todos.

Tudo isso Proença pôde ver, ainda sem ter sido visto, encostado ao muro coberto de hera que acabara de transpor. De repente alguém dá um berro e o aponta; todos se voltam, as mulheres soltam gritinhos de espanto.

Antes que caíssem sobre ele, procurou mal e mal ocultar o sexo com as mãos e investiu enlouquecido por entre as mesas, em zigue-zague, esbarrando nos convidados, derrubando a bandeja de mais de um garçom.

O pandemônio se agravou quando tentou arrancar pelo caminho a toalha de uma das mesinhas para com ela cobrir a nudez. Os convivas saltaram das cadeiras como galinhas do poleiro — copos, pratos e talheres voaram para todo lado, enquanto ele arremetia em direção à saída do *playground* e ganhava a rua.

Como uma manada, vários convidados se precipitaram atrás dele.

— Pega!

— Lincha!

Logo se juntavam aos da rua, que se aproximavam correndo:

A NUDEZ DA VERDADE

— Para onde ele foi?

— Quem é? Um louco? Tarado?

Não sabiam que rumo tomar, muitos nem mesmo o que estava acontecendo. As mulheres ficaram para trás, também fazendo comentários:

— Não tinha cara de doido.

— Me pareceu até bem-apessoado.

— Bem-dotado, você quer dizer.

Proença, que mal tivera tempo de ocultar-se num desvão de porta logo além, não ousava se mexer, ouvindo as vozes de seus perseguidores:

— Não deve estar longe.

— Para que lado ele fugiu?

Viu de onde estava, desconsolado, passar na esquina um entregador de tinturaria na sua bicicleta, com vários ternos dependurados.

Ficaria menos infeliz se pudesse ter visto também o táxi que cruzou a esquina logo em seguida, conduzindo uma passageira: era Marialva que, levando consigo a mala com suas roupas, tentava localizá-lo desde o clube, seguindo a trilha da agitação que ele vinha deixando atrás de si.

Mais adiante, a rua transversal estava em obras, toda esburacada. Para não acabar descoberto, espremido naquele recanto, arriscou uma corrida até lá, atirando-se na vala cheia de lama. Foi seguindo ali dentro, curvado como numa trincheira, ao longo de todo o quarteirão. Sentindo-se a salvo, refugiou-se dentro de uma manilha ao fim da rua.

Em pouco ouviu passos dos que o procuravam, desorientados, vozes, informações confusas:

— Por aqui não está.

— Já sumiu de novo!

Dividindo-se em bandos cada vez mais numerosos, engrossados por outros que acorriam das esquinas, vasculhavam tudo: a entrada das garagens, a portaria dos edifícios, os terrenos baldios.

O movimento se espalhava, já se estendendo por todo o bairro. A televisão e o rádio continuavam a dar notícias cada vez mais estapafúrdias sobre o maníaco sexual que vinha atacando como um animal enfurecido as pessoas em Ipanema. Os moradores das vizinhanças, vendo a agitação lá fora, se apinhavam nas janelas, outros saíam à rua, os carros se detinham, todos queriam saber, em meio a um perguntar incessante: o que foi? o que não foi?

E ele ali, escondido na manilha, tentando imaginar um meio de se livrar daquela situação. Entregar-se, simplesmente, era impraticável: não teria como se explicar, seria a sua desmoralização. Lembrava-se de um filme inglês que vira havia tempos, *O homem do terno branco*, Alec Guinness fugindo, fugindo sempre, os que o perseguiam querendo recuperar uma roupa especial que o coitado vestia. Pelo menos estava vestido! Ao passo que ele, tendo saído na véspera de terno e gravata...

Quanta coisa lhe acontecera, desde que saíra de casa! Carla na véspera lhe falando da viagem, se justificando por haver desistido — sim, ela devia estar arrependida. Ele próprio se arrependia de não haver insistido com ela — a essas horas estariam os dois em São Paulo, e tudo daria certo. Imaginava só o que não diria Lincoln, que se empenhara tanto para que ele fosse ao lançamento: o encontro com Eliseu e sua turma de sambistas, a bebedeira no aeroporto e no apartamento de Marialva, ela dançando no meio da sala, ele a beijá-la, e depois os dois na cama... A lembrança o excitava, agachado como um bicho, sozinho, nu e faminto naquele cano fétido.

Respirou fundo, tentando acalmar-se. Passou a mão pelo rosto, sentindo a aspereza da barba já crescida. Veio-lhe a estranha sensação de ser um morto insepulto, como naquele conto de Otto Lara Resende que lera um dia: a correr de um lado para outro, tentando provar que estava vivo, para desmentir a sua morte que os avisos fúnebres anunciavam e confirmada quando acompanhou o próprio enterro. No seu caso, teria de se vestir para provar que era normal, voltar a esconder sob a roupa o atributo de sua condição de homem, para ser aceito pelos outros homens. Mas foi como Deus criou o homem e a mulher — sabia o trecho de cor: "Estavam nus e disso não se envergonhavam". Só tiveram consciência de sua nudez depois de tentados pela serpente a comer o fruto da árvore da vida e conhecer a ciência do bem e do mal. "Então Deus fez para eles umas roupas de peles e os expulsou do Éden."

Assim rezavam os Livros Sagrados, pensou ele, olhando o seu sexo com inocente curiosidade — e sopesou-o delicadamente na mão em concha, como a um pássaro: seria aquele um fruto da árvore da vida? ou a própria semente do bem e do mal? Só porque aquela parte de seu corpo estava à mostra, passara a ser ignorado como ser humano. Talvez fosse uma provação a que não poderia escapar, para se redimir de alguma culpa que deixara de assumir. E de súbito, simplesmente por estar desnudo, tornara-se invisível como indivíduo, sua identidade perdida aos olhos dos outros

A NUDEZ DA VERDADE

homens, como a de um encapuzado numa história de terror de Edgar Poe — escorraçado como a própria peste, caçado como um animal, anátema diante do mundo e de Deus, banido do Paraíso.

A NUDEZ DA VERDADE

9

Um último raio vermelho chegava até a vala, o sol se escondendo lá para os lados do Leblon, em pouco seria noite.

Dali podia ver o fim da rua em aclive, uma escadinha cavada na pedra, morro acima. Como finalmente seus perseguidores pareciam ter-se afastado, resolveu buscar melhor esconderijo. Mediu com os olhos a distância: se chegasse até lá sem ser visto, poderia se refugiar no morro até que a noite baixasse.

Deixou a manilha e espichou a cabeça, olhou a rua. Não vendo ninguém, saiu da vala. No que atingiu a calçada, esbarrou violentamente numa velha mendiga surgida da esquina, atirou-a no chão.

Não chegou a fugir — percebeu que ela deixara cair da mão uma bengala branca e usava óculos escuros: era uma cega. Então ajudou-a a se erguer, apanhou a bengala e lhe entregou, pedindo desculpas, orientando-a com delicadeza sobre a direção a seguir. E disparou em direção oposta, começou a subir o morro.

A poucas quadras dali a repórter de televisão entrevistava alguns convidados do casamento que, revoltados, ainda circulavam pelas ruas. No táxi estacionado, Marialva acompanhava tudo: vinha seguindo o carro da TV, na esperança de que a levasse até o "professor", para lhe entregar a mala com suas roupas.

Já no alto do morro, naquele instante ele olhava a cidade a seus pés, a Lagoa, o Cristo Redentor, o mar luminoso ao crepúsculo, o céu arroxeado por detrás da Pedra da Gávea.

Voltou-se, assustado, agachando-se ao ouvir um ruído atrás de si.

Era um menino de uns dez anos, próximo a uns barracos na clareira. Tentava empinar uma pipa e falava qualquer coisa com o cachorrinho, um vira-lata que saracoteava ao seu redor. Atrás de uma pedra, escondido por uma depressão do terreno, resolveu chamá-lo:

A NUDEZ DA VERDADE

— Psiu, menino, você aí.

O cachorro foi o primeiro a vê-lo: aproximou-
-se, excitado, começou a latir. Ao dar com aquele
homem escondido atrás da pedra, o menino veio
se chegando, desconfiado. Começou a rir quando
percebeu que ele estava sem roupa.

— Meu filho, vê se me ajuda... — pediu, protegendo-se com as mãos. — Me arranja uma roupa...
Te dou um presente.

O menino tornou a rir:

— 'Cê não tem nada pra dar, tá aí pelado...

— Depois te dou, prometo — insistiu, aflito,
inadvertidamente se erguendo. — Vai buscar
uma roupa para mim, vai, uma calça velha, um
calção, qualquer coisa...

Virando-lhe as costas, o menino saiu a correr.
O cachorro o acompanhou, olhando para trás
com insistentes latidos. Uma mulher apareceu à
porta de um dos barracos:

— Que é isso? — gritou, ao ver um homem nu
a poucos passos. — Meu filho, já pra dentro! Acode, Gervásio! Um homem tarado! Tava querendo
pegar o Valinho! Socorro!

Estimulado, o cachorrinho voltou a latir, avançando para ele. Vários moradores dos barracos
acudiam aos gritos da mulher. Antes que se apro-

ximassem, ele fez meia-volta e despenhou-se morro abaixo aos tropeções, como se tivesse mil cachorros nos seus calcanhares.

Em poucos minutos refez na descida todo o percurso que levara mais de meia hora para galgar.

Ele estava muito enganado se acreditava que podia subir o morro sem que a polícia tomasse conhecimento. A própria Central já fora avisada, pelo helicóptero que vinha sobrevoando a área e mandando informações sobre seu paradeiro.

Como os policiais, vários moradores do bairro acompanharam das ruas vizinhas e das janelas, alguns com binóculos, a sua escalada do morro e a vertiginosa descida. Desde que ele começara as andanças sem roupa de cá para lá, causando tumulto onde quer que aparecesse, a polícia fora mobilizada e organizara o cerco, utilizando até cães amestrados. Só não subira o morro em respeito ao acordo tácito com os traficantes de drogas.

Quando chegou ao sopé, pouco além do ponto onde iniciara a subida, Proença jamais imaginava que fosse encontrar uma verdadeira comissão de recepção.

Dois carros da polícia, o da televisão e até o táxi com Marialva, o aguardavam, alinhados ao longo da rua. Na calçada fronteira, a precavida distância, os curiosos se aglomeravam. Ninguém ousava passar dali, podia haver tiroteio. Guardas armados se colocavam em pontos estratégicos, e nos telhados os "atiradores de elite" haviam se instalado, em obediência às ordens da Central, recebidas pelo rádio, advertindo que se tratava de elemento perigoso, constava que estava armado e disposto a tudo.

Armado como? se toda a comoção que ele vinha provocando se devia exclusivamente ao fato de estar nu?

Sim, admitiam as autoridades; mas, segundo os últimos informes recebidos, o indivíduo em questão carregava uma bomba na mão e ameaçava fazê-la explodir.

Quando viu toda aquela gente, e como não dispusesse de bomba alguma para dispersá-la, ele fez o que vinha fazendo desde a manhã: disparou a correr, dobrou a primeira esquina e desapareceu.

Todos se precipitaram até lá e não o viram mais: havia-se evaporado no ar.

10

Um carro estacionado junto ao telefone público, a porta aberta. Uma mulher dando nervosamente explicações ao telefone:

— O tráfego está todo engarrafado, meu bem, vou chegar atrasada: tem um tarado peladão avançando em todo mundo feito uma fera aqui em Ipanema, a polícia está criando a maior zorra. Até agora não consegui chegar no colégio para apanhar meu filho.

Mal ela desligou, os policiais surgidos da esquina a abordavam:

— Viu para onde ele foi?

— Que direção tomou?

Aturdida, a mulher disse que não vira nada, estava distraída ao telefone. Os guardas se dispersaram. Ela sentou-se ao volante de seu carro e partiu.

Nem bem afastara do tumulto naquela área, sentiu algo duro pressionar-lhe a nuca e uma voz de homem lhe ordenou:

— Se não quer levar um tiro, faça o que eu disser. E não abra a boca! Tome a direita na próxima rua.

Ela obedeceu, trêmula: bem lhe haviam dito que o homem estava armado.

Agachado entre os bancos do carro, sem tirar o dedo do pescoço da mulher, ele mal ousava erguer a cabeça, para acompanhar o trajeto:

— Segue em frente até a esquina e dobra de novo à direita.

Ouviu uma sirene atrás de si: estava sendo seguido pela polícia. Agora era ir até o fim — pressionou o dedo com mais força:

— Se não obedecer eu te mato. Entra ali naquela rua à esquerda.

Aproxima-se de sua casa. A ideia que lhe ocorrera seria sua última salvação: ir para casa, enfrentar a mulher, contar-lhe tudo.

Ou quase tudo — Marialvas à parte, Carla era a única pessoa capaz de ajudá-lo a acabar com aquele tormento.

A NUDEZ DA VERDADE

Cautelosos, os policiais nada fizeram quando o carro se deteve em frente a um pequeno prédio de apartamentos. Não precisavam se precipitar: ele estava armado, sem dúvida, mas não tinha como escapar, era só questão de tempo. Detiveram-se também, imitados pelos demais carros.

Todos viram o homem nu saltar precipitadamente e partir em direção ao prédio, sumindo por ele adentro.

Já era noite, as luzes da rua se acenderam. Atraídos pelo movimento, curiosos surgiam de outros prédios e das esquinas. Mais carros de reportagem haviam acorrido, locutores de rádio e de TV entrevistavam as pessoas na pequena multidão que já se formara.

Logo à entrada Proença se sentiu salvo ao ver a janela acesa em seu apartamento no térreo: Carla estava em casa. Tocou a campainha e ouviu vozes lá dentro. Intrigado, colou o ouvido na porta.

— Deve ser o homem da pizza — dizia Carla.

— Não posso abrir assim como estou. Abre você, meu amor, que eu vou buscar mais gelo.

— Enquanto houver gelo, há esperança — tornou uma voz de homem, seguida de uma risada.

Seu coração disparou, ao reconhecer aquela voz

e aquela risada. Transtornado, quando a porta se abriu, empurrou-a com violência e entrou. Deu com Lincoln diante de si a olhá-lo, boquiaberto, um copo de uísque na mão. Estava usando o seu roupão — o bofetão que lhe desferiu o fez vacilar sobre as pernas, o copo voou longe, numa chuva de uísque. Antes que ele pudesse reagir, acertou--lhe um murro no nariz:

— Tira o meu roupão! — ordenou.

Nem bem Lincoln deixava cair o roupão, ficando nu, recebia entre as pernas um pontapé que o fez urrar de dor. Cambaleante, foi empurrado até a porta ainda aberta, que Proença bateu com força, depois de botá-lo para fora com novo pontapé, desta vez no traseiro.

Do apartamento em frente ia saindo uma mulher que, ao vê-lo, começou a gritar. Lincoln fugiu correndo e, quando se deu conta, já ultrapassara a entrada do prédio.

Os policiais, os repórteres e a malta de curiosos avançaram para ele. Apavorado, saiu em disparada rua afora perseguido pela multidão. Quase cruzou com o homem da pizza que vinha chegando e que, ao ver formada a confusão, fez meia--volta e bateu em retirada.

Marialva, lá de seu táxi, assistia a tudo, perplexa: aquele não era o seu "professor"!

A NUDEZ DA VERDADE

No interior do apartamento, Proença, parado no meio da sala, ofegante, correu os olhos ao redor. A garrafa de uísque sobre a mesa. A luz do abajur acesa. Uma música suave no toca-fitas.

Recolheu o roupão no chão e o vestiu. Só então deu com Carla parada à porta da cozinha, fisionomia transfigurada, o corpo trêmulo dentro de um penhoar transparente:

— Telmo... — balbuciou ela, voz chorosa, se aproximando.

Sem responder, ele a afastou com um empurrão, abrindo caminho em direção ao quarto. Nem se deteve diante da cama desarrumada — foi direto trancar-se no banheiro. Enquanto lá na sala ela se deixava tombar no sofá, entregue a um choro convulso, ele tomava um rápido banho de chuveiro. Em pouco tempo deixava o quarto já vestido. Sem nem olhar para Carla, que continuava a soluçar, caída no sofá, atravessou a sala e saiu do apartamento.

Na rua, quase todos haviam partido em perseguição ao outro homem nu, só restando alguns circunstantes e curiosos. Entre eles Marialva, na calçada fronteira, junto ao táxi, com a sua mala. Ao vê-la, Proença se dirigiu a ela, beijou-lhe o rosto:

— Eu sabia que podia contar com você. Me dá um cigarro.

— Vim parar aqui só Deus sabe como — disse ela.

Ele deu uma longa tragada no cigarro que Marialva lhe acendeu:

— Vamos embora daqui — disse, fazendo-a entrar no táxi e entrando em seguida.

— Para onde? — perguntou ela.

— Para onde? — perguntou o motorista ao mesmo tempo.

Olhou-a com um sorriso — o primeiro naquele dia:

— Para a sua casa.

Ela retribuiu o sorriso. O motorista se voltou para ele, perplexo, sem entender a resposta.

OBRAS DO AUTOR

Editora Ática
A vitória da infância, crônicas e histórias – *Martini seco*, novela – *O bom ladrão*, novela – *Os restos mortais*, novela – *A nudez da verdade*, novela – *O outro gume da faca*, novela – *Um corpo de mulher*, novela – *O homem feito*, novela – *Amor de Capitu*, recriação literária – *Cara ou coroa?*, seleção infantojuvenil – *Duas novelas de amor*, novelas – *O evangelho das crianças*, leitura dos evangelhos.

Editora Record
Os grilos não cantam mais, contos – *A marca*, novela – *A cidade vazia*, crônicas de Nova York – *A vida real*, novelas – *Lugares-comuns*, dicionário – *O encontro marcado*, romance – *O homem nu*, contos e crônicas – *A mulher do vizinho*, crônicas – *A companheira de viagem*, contos e crônicas – *A inglesa deslumbrada*, crônicas – *Gente*, crônicas e reminiscências – *Deixa o Alfredo falar!*, crônicas e histórias – *O encontro das águas*, crônica sobre Manaus – *O grande mentecapto*, romance – *A falta que ela me faz*, contos e crônicas – *O menino no espelho*, romance – *O gato sou eu*, contos e crônicas – *O tabuleiro de damas*, esboço de autobiografia – *De cabeça para baixo*, relatos de viagem – *A volta por cima*, crônicas e histórias – *Zélia, uma paixão*, romance-biografia – *Aqui estamos todos nus*, novelas – *A faca de dois gumes*, novelas – *Os melhores contos*, seleção – *As melhores histórias*, seleção – *As melhores crônicas*, seleção – *Com a graça de Deus*, "leitura fiel do evangelho segundo o humor de Jesus" – *Macacos me mordam*, conto em edição infantil, ilustrações de Apon – *A chave do enigma*, crônicas, histórias e casos mineiros – *No fim dá certo*, crônicas e histórias – *O galo músico*, contos e novelas – *Cartas perto do coração*, correspondência com Clarice Lispector – *Livro aberto*, "páginas soltas ao longo do tempo" – *Cartas na mesa*, "aos três parceiros, amigos para sempre, Hélio Pellegrino, Otto Lara Resende, Paulo Mendes Campos" – *Cartas a um jovem escritor e suas respostas*, correspondência com Mário de Andrade – *Os movimentos simulados*, romance.

Editora Berlendis & Vertecchia
O pintor que pintou o sete, história infantil inspirada nos quadros de Carlos Scliar.

Editora Rocco
Uma ameaça de morte, conto policial juvenil – *Os caçadores de mentira*, história infantil.

Editora Ediouro
Maneco mau e os elefantes, história infantil – *Bolofofos e finifinos*, novela infantojuvenil.

Editora Nova Aguilar
Obra reunida.

O ESTILO LITERÁRIO DO AUTOR

Por meio de suas crônicas e novelas e de seus contos e romances, *Fernando Sabino* analisou a sociedade brasileira, dando a ela uma dimensão que ultrapassa a dos conflitos cotidianos. Dotado de um estilo justo, em que palavras, situações e personagens apontam um dinamismo próprio de quem domina seu ofício, Sabino realizou uma trajetória peculiar na literatura.

Em *O homem nu*, livro em que se encontra a crônica que mais tarde dará origem ao texto *A nudez da verdade*, entra-se em contato com um universo construído por figuras que povoam a trivialidade do dia a dia, como o leiteiro, os empregados domésticos, os condôminos de um edifício de classe média e casais em conflito. Esse universo, apresentado com humor, aliado à análise particular do narrador, permite que o leitor ultrapasse a imediatez dos fatos e reflita sobre a condição humana, seus problemas na comunicação social, o inusitado que leva ao ridículo e o abandono do ser humano a uma espécie de sorte, às vezes trágica, às vezes cômica, imposta pelo destino.

Em *A nudez da verdade*, todos esses elementos envolvente da narrativa. A aventura vivida pela personagem principal da novela, Telmo Proença, faz com que o leitor experimente momentos emocionantes daquilo que, no desenrolar da trama, se transforma numa caçada. Essa experiência não se dá apenas na ação, mas também na utilização de recursos de imagens e de estilo que intensificam o prazer da leitura.

Como se pode observar em *Agora estamos todos nus* e em *A faca de dois gumes*, suspense, ação e humor, cuidadosamente articulados, transformam-se em traços marcantes da obra do autor. Um outro traço também importante é o lúdico. Apresentado como elemento inerente ao universo infantil em *O menino no espelho*, ou submetendo-se a uma análise mais rigorosa como no romance *O grande mentecapto*, o lúdico torna-se um dos principais eixos de que se vale o autor para a construção da narrativa.

Em todos os textos, o leitor convive, criticamente, com um universo sensível e diversificado de tipos humanos e situações que contribuem para uma análise do homem contemporâneo e seus complexos meca-

editora ática

SUPLEMENTO
de leitura

A *nudez da verdade* • Fernando Sabino

Nome ....

Escola ....

..........º ano

Antes de refletir sobre a história que você
acabou de ler, vamos conhecer melhor o seu autor
e o estilo que o caracteriza?

FERNANDO SABINO

Fernando Sabino nasceu em Belo Horizonte, no dia 12 de outubro de 1923. Desde que entrou na escola, tornou-se um leitor compulsivo: mais de uma vez, chegou em casa com galo na testa, por bater com a cabeça num poste, caminhando com um livro aberto nas mãos.

Aos 13 anos, escreveu seu primeiro trabalho literário, uma história policial publicada na revista *Argus*, da polícia mineira. Em 1938, começou a escrever crônicas, artigos e contos. Seu primeiro livro, *Os grilos não cantam mais*, saiu em 1941. Mário de Andrade lhe escreveu uma carta elogiosa, e os dois passaram a se corresponder.

O mineiro morou em Nova York, Los Angeles e Londres e visitou vários países da América, da Europa e do Extremo Oriente. As viagens lhe renderam crônicas e reportagens para jornais e revistas. Também trabalhou com cinema, dirigindo documentários.

Nos seus escritos, Fernando Sabino explorava o dia a dia com senso de humor, colhendo de fatos cotidianos lições de vida, graça e beleza.

Recebeu diversos prêmios, entre eles o "Machado de Assis", da Academia Brasileira de Letras, em 1999, pelo conjunto da sua obra. Entre seus mais de 40 livros, estão *O homem nu*, *O grande mentecapto* e *O bom ladrão*. Fernando Sabino morreu no Rio de Janeiro, em 11 de outubro de 2004.

Os exercícios que se seguem se propõem a recordar e a aprofundar alguns pontos fundamentais dessa história. Vamos a eles?

1. Preencha as lacunas, com informações contidas no texto:

A narrativa inicia-se_____, no apartamento de _____ e_____. Após uma rápida reunião com _____ no _____, Proença dirige-se ao _____. Não conseguindo embarcar para _____, envolve-se com _____, passando a noite _____ dela. Na _____ , ao buscar o pão no corredor, a porta se fecha e _____ está____ e trancado do _____ do apartamento.

2. Ao se ver nu, do lado de fora do apartamento, Proença é surpreendido por várias pessoas, sendo obrigado a fugir. Inicia-se, então, uma série de deslocamentos espaciais que vão tornando o enredo cada vez mais com-

plexo. Enumere, na ordem de aparecimento no texto, os locais por onde passa a personagem principal:

( ) o caminhão de mudança, no subsolo do edifício

( ) o Praia Clube

( ) o morro

( ) o táxi

( ) o trajeto da Lapa até Ipanema

( ) a festa de casamento

( ) o aeroporto

( ) o apartamento de Marialva, com os músicos

( ) o próprio apartamento, onde encontra Lincoln e Carla

( ) o terreno baldio

3. À medida que vão entrando em contato com o homem nu, as pessoas reagem das formas mais diferentes ou engraçadas. Preencha as colunas, caracterizadas tanto por descrições físicas ou psicológicas como por suas ações e falas. No texto, o autor, através dos diálogos, caracteriza, do ponto de vista do vocabulário, particularmente duas personagens, que expressam nas falas as suas profissões.

a. Quais são essas personagens que merecem destaque, por parte do autor, quanto a sua expressão oral?

b. Que termos ou expressões podem ser considerados estritamente pertinentes à fala delas?

2º trecho:

8. Como você observou durante a leitura, em dois momentos da história a personagem principal faz retrospectivas dos acontecimentos por ela vividos.

a. Quais são esses momentos e que semelhança existe entre eles, do ponto de vista das personagens a que Proença se compara?

é imediata, esquecendo-se de que ele mesmo a havia traído com Marialva. Como você encara a atitude dele?

_____
_____
_____

11. A metáfora é o uso que fazemos de duas ou mais palavras, normalmente de sentidos diferentes. A correlação dessas palavras ou expressões sugere um novo sentido para elas. Considerando a expressão "a nudez da verdade", em que *nudez* e *verdade* se aproximam, que interpretação você daria a essa metáfora?

_____
_____
_____

12. Você acabou de ler uma história em que a aventura de um homem nu, tratada com humor su-

[...], no centro de sua cidade. Para escrever sua história com o foco narrativo em 1ª pessoa, explore a agilidade das ações, apresente detalhes significativos dos lugares por onde você passará, e dê um novo final à história.

_____
_____
_____
_____

b. Que sentimentos são revelados pela personagem nas duas retrospectivas?

_____
_____
_____
_____

9. "O senhor gostaria de declarar mais alguma coisa?" – perguntou a repórter ao escritor, que respondeu: "Só que debaixo das roupas estamos todos nus. Inclusive eu e você". Em sua opinião, o que foi que o escritor quis dizer com essa frase?

_____
_____
_____
_____

til, mantém a atenção do leitor. Que passagens você destacaria do texto que mostram esse humor?

_____
_____
_____
_____

13. A partir do estudo que você fez do texto e das conclusões a que chegou sobre a aventura de Proença, pense num outro título que daria ao texto. Justifique sua resposta.

_____
_____
_____
_____

AGORA O ESCRITOR É VOCÊ

Você leu a narrativa, contada em 3ª pessoa, de um homem, Telmo Proença, que se vê às voltas com uma situação inusitada: andar nu pela cidade.

relacionando as personagens às suas respectivas falas:

a. senhor calvo, baixo, corpulento

b. velhinha puxando carrinho de feira

c. mulher vestida de preto, com ar de viúva

d. mulher gorda

e. mulher na porta de um barraco

( ) "Um homem nu no elevador!"

( ) "[...] foi horrível! [...]

Vi um homem sem roupa nenhuma, só de óculos, passando nos fundos do prédio, com um olhar apavorado, parecia um monstro!"

( ) "Qual é a sua, companheiro, nu aí desse jeito?"

( ) "Meu filho, já pra dentro! Acode, Gervásio! Um homem tarado!"

( ) "Virgem Santíssima! [...] Um homem pelado! Socorro!"

5. Ao tomar conhecimento de que há um homem nu pela cidade, a maioria das pessoas reage chamando-o de tarado, louco, depravado... Mas outras têm opinião diferente. Cite algumas dessas opiniões.

_____

_____

_____

6. Se você encontrasse um homem nu correndo pelas ruas da cidade, qual seria a sua reação? O que você acha que diria ao vê-lo?

_____

_____

_____

_____

7. Diante das situações cada vez mais difíceis, Proença vai assumindo comportamentos que mostram a evolução de seu desconforto. Copie do texto dois trechos que caracterizam essa evolução.

Você gostou da história que acabou de ler? Conheça outros livros da coleção Fernando Sabino: